Conception graphique et illustrations : Zapp

338, rue Saint-Antoine Est
Montréal Canada H2Y 1A3
Tél. (514) 954-1441
Fax (514) 954-5086

ISBN 2-89429-842-0

Imprimé en Chine

CENDRILLON

TORMONT

Il était une fois une petite fille nommée Elsa. Sa mère, qui était très malade, l'appela à son chevet.

– Elsa, je vais quitter ce monde, murmura-t-elle. Mais je veillerai toujours sur toi ; je serai comme une petite colombe posée sur ton épaule.

Lorsque sa femme mourut, le père d'Elsa, un capitaine de bateau, épousa la veuve Javotte. Madame Javotte était méchante et ses filles, Gertrude et Hortense, gâtées et égoïstes.

Toutes les trois étaient fort jalouses d'Elsa, qui était aussi jolie que gentille. Elles la vêtirent donc de haillons et la firent travailler comme une servante.

Toute la journée, la jeune fille préparait les repas et nettoyait la maison. La nuit, elle devait dormir sur un matelas de paille, tout près du foyer, parmi les cendres. Aussi l'appelèrent-elles Cendrillon.
– Cendrillon, sers-moi mon petit-déjeuner ! ordonnait Hortense.
– Cendrillon, cire mes chaussures ! criait Gertrude.

Cendrillon ne se plaignait jamais, même lorsque son père revenait pour quelques jours, entre deux voyages en mer.

Un jour, la famille fut invitée à un bal, au château. Le fils du roi cherchait une épouse !
– Je suis sûre que le prince me choisira, déclara Hortense.
– Tu es bien trop laide ! s'écria Gertrude.
Et elles se chamaillèrent tellement que leur mère dut intervenir.

Cendrillon dut travailler encore plus fort pour aider ses sœurs à se préparer pour le bal. Il lui fallut coudre l'ourlet de leur robe, les coiffer, amidonner leurs crinolines et polir leurs bijoux.

Quand Cendrillon demanda timidement si elle pouvait aller au bal, elle aussi, ses sœurs éclatèrent de rire.

Sa belle-mère ne répondit rien, elle non plus. Elle alla dans la cuisine, s’empara d’un gros sac de lentilles et le vida dans les cendres du foyer.

– Après avoir ramassé toutes les lentilles, Cendrillon, tu pourras aller au bal, dit-elle.

Lorsque sa belle-mère fut sortie, Cendrillon courut à la fenêtre et appela ses amis les oiseaux. Ceux-ci aimaient beaucoup la jeune fille, car elle les nourrissait chaque jour. Ils sautillèrent dans la cuisine et l'aidèrent à ramasser toutes les lentilles.

Cendrillon s'empressa d'aller montrer les lentilles à sa belle-mère, mais celle-ci déclara :

– Lentilles ou pas, tu n'iras pas au bal. Tu es sale et tes vêtements sont tout déchirés. Ta place est auprès du feu, et non à un bal parmi les grandes dames.

Sans rien ajouter, la belle-mère de Cendrillon et ses filles montèrent dans leur carrosse et partirent au bal, laissant la pauvre Cendrillon en larmes près du feu.

Soudain, dans un tourbillon de lumière bleue, une fée apparut.
– Ne pleure pas, Cendrillon, dit-elle. Tu iras au bal, peu importe ce que disent les autres. Cours vite au jardin et rapporte-moi une citrouille, six souris et un rat bien dodu.

Cendrillon ne tarda pas à trouver tout ce qu'on lui avait demandé. D'un coup de de sa baguette magique, la fée, transforma la citrouille en un magnifique carrosse, les six souris en six beaux chevaux blancs et le rat, en un élégant cocher.

– Maintenant, il te faut de beaux vêtements, dit la fée.

Et Cendrillon fut vêtue d'une robe argent, brodée de fils d'or. Elle portait des boucles d'oreilles en cristal et ses cheveux étaient ornés d'une rose. Un dernier petit coup de baguette, et ses pieds furent chaussés de pantoufles de verre.

– Souviens-toi d'une chose, mon enfant, dit la fée. À minuit, tu dois avoir quitté le bal, car au douzième coup de minuit, le cocher se transformera en citrouille et tu seras de nouveau vêtue de haillons.
– Je ne l'oublierai pas, répondit Cendrillon.

Lorsque Cendrillon entra dans la salle de bal, tous les invités furent frappés par sa beauté.

– Qui peut-elle bien être ? murmurait-on.

Même les demi-sœurs de Cendrillon s'inclinèrent devant elle, croyant qu'il s'agissait d'une princesse venue d'ailleurs.

Le prince n'avait d'yeux que pour elle.
– Je ne vous ai encore jamais vue. Qui êtes-vous ? demanda-t-il.
– Qu'importe, répondit Cendrillon. Mais c'est exact, nous ne nous sommes encore jamais rencontrés.
Et elle lui sourit avec tant de grâce qu'il fut conquis.

Toute la soirée, le prince ne dansa qu'avec Cendrillon. Vers minuit, il était très épris de la jeune fille.

Cendrillon était si heureuse qu'elle en oublia l'heure. Ce n'est qu'aux premiers coups de minuit qu'elle se souvint de l'avertissement de la fée.

Elle quitta si vite le château qu'elle perdit une de ses pantoufles dans l'escalier, mais elle n'eut pas le temps de la ramasser.

Cendrillon continua à courir jusqu'à ce qu'elle se rende compte qu'elle était de nouveau vêtue de ses haillons et que les souris et le rat couraient à ses côtés.

Le prince essaya de rattraper Cendrillon, mais elle avait disparu. Il ne trouva que sa pantoufle de verre sur une marche.

Après l'avoir ramassée, il alla voir son père.

– Père, j'épouserai celle qui pourra chausser cette pantoufle, déclara-t-il. M'aiderez-vous à la retrouver ?

Le lendemain matin, les demi-sœurs de Cendrillon ne parlaient que du bal.

– Tu aurais dû voir ça, Cendrillon, dit Gertrude. Une belle étrangère est arrivée et le prince n'a dansé qu'avec elle.

– Elle a disparu sans dire un mot et elle a perdu une de ses pantoufles, ajouta Hortense.

– Et le prince a déclaré qu'il épouserait celle qui pourrait chausser cette pantoufle, s'écria Gertrude. Ça ne doit pas être bien difficile. Ce n'est qu'une chaussure !

Mais, en fait, c'était très difficile. Le prince parcourut tout le royaume et des centaines de dames essayèrent en vain la pantoufle de verre. Le prince arriva enfin chez Cendrillon.

Hortense, puis Gertrude essayèrent par tous les moyens de la chausser, sans succès.
– Puis-je l'essayer ? demanda timidement Cendrillon.
– Son Altesse n'a pas de temps à perdre, répondit sa belle-mère.
– Je ne suis pas pressé, dit le prince.
Et, au grand étonnement de tous, Cendrillon glissa son pied dans la pantoufle de verre sans aucune difficulté.

– Elle n'était même pas au bal !
s'écrièrent ses demi-sœurs.
En guise de réponse, Cendrillon sortit simplement l'autre pantoufle de sa poche.
– C'est bien vous ! murmura le prince, ému.

Il amena Cendrillon au château et ils se marièrent sans tarder. Une colombe se posa alors sur l'épaule de la jeune fille et lui murmura :
– Ta mère t'assure que tu seras heureuse jusqu'à la fin de tes jours.